GUÍA DE LECTURA

Escrita por Martine Gaillard
Traducida por Tamara Montes Blanco

Bola de sebo

de Guy de Maupassant

Resumen
Express.com
GUÍA DE LECTURA
Cincuenta
sombras
de Grey
de E. L. James

GUY DE MAUPASSANT

NOVELISTA Y ESCRITOR DE RELATOS FRANCÉS

- **Nacido en 1850 en Tourville-sur-Arques (Francia)**
- **Fallecido en 1893 en París (Francia)**
- **Algunas de de sus obras:**
  - *Bola de sebo* (1880), relato
  - *Los cuentos de la tonta* (1883), antología de relatos
  - *Bel-Ami* (1885), novela

Nacido en 1850, Guy de Maupassant es un escritor francés, autor de seis novelas y de casi trescientos relatos. Pasa su juventud en Normandía, donde comienza a estudiar Derecho. En 1870, se alista como voluntario en la guerra franco-prusiana y después se instala en París, donde trabaja como funcionario. Gustave Flaubert, que es amigo de su madre, lo toma bajo su protección y lo introduce en los ambientes literarios. Entonces, frecuenta a escritores realistas y naturalistas, como Émile Zola. De 1880 a 1890, escribe novelas (*Una vida, Bel-Ami*, etc.) y muchos relatos realistas (*Bola de sebo, La casa Tellier*, etc.) o fantásticos (*El horla, El miedo*, etc.) en los que muestra su visión pesimista de la sociedad. Se hunde en la locura en 1890 y muere en 1893.

BOLA DE SEBO

UN RELATO SOBRE LA OCUPACIÓN

- **Género:** relato
- **Edición de referencia:** de Maupassant, Guy. 2005. *Bola de sebo y otros relatos*. Traducido por Miguel Martínez. México D.F.: Lectorum
- **Primera edición:** 1880
- **Temáticas:** guerra, reclusión, ocupación, dinero, alimento, generosidad/egoísmo

Bola de sebo forma parte de un compendio de relatos que se publicó en 1880, *Las veladas de Médan*. Esta antología reúne relatos escritos por novelistas a los que Zola invitó a su casa de Médan, de ahí el título de la obra. *Bola de sebo* es el tercer relato de Maupassant, pero el primero que alcanzó el éxito. La historia, inspirada en un suceso, cuenta la fuga de un grupo de diez personas tras la derrota de los franceses en Ruán frente a los invasores prusianos durante la guerra de 1870. Cabe destacar que el propio Maupassant había sido destinado a Ruan en la intendencia del ejército francés.

RESUMEN

Tras la debacle del ejército francés, los habitantes de Ruán se resignan a la ocupación prusiana. No son pocos los normandos que querrían retomar sus actividades comerciales, y, entre ellos, hay diez que consiguen que el ejército alemán les autorice para ir, en coche de caballos, a la ciudad de Dieppe.

En la diligencia se encuentran Loiseau —un comerciante de vino sin escrúpulos—, el propietario de la industria algodonera Carré-Lamadon, el conde de Breville y sus respectivas esposas. A este grupo se añaden también dos religiosas, el republicano Cornudet y Bola de sebo —una prostituta patriota a la fuga—. Los primeros pasajeros consideran a estos últimos gente de la que es preferible mantenerse alejado y los dejan de lado.

La nieve y los peligros de la guerra impiden que los viajeros puedan abastecerse de víveres, aunque al cabo de varias horas, atormentados por el hambre, terminan aceptando que Bola de sebo, más previsora que ellos, comparta su cesta repleta de provisiones. Entre la buena comida y el vino, se crea cierta fraternidad entre los personajes.

La diligencia se para en Totes frente a la posada donde los viajeros se disponen a pasar la noche. Pero, para su enorme sorpresa, la puerta del coche se abre ante un oficial alemán que les conduce dentro del albergue, donde pasa revista a sus identidades y profesiones. A continuación, el oficial convoca a Bola de sebo, que obedece a regañadientes, para complacer a sus compañeros de viaje. La joven sale de la conversación con el oficial totalmente exasperada, pero no quiere revelar lo que ha ocurrido.

Después de la cena, durante la que la mujer del posadero se muestra furibunda con los ocupantes y con la guerra en general, todos se van a acostar, excepto Loiseau, que sorprende a Bola de sebo en el pasillo cuando esta está rechazando a Cornudet por motivos patrióticos.

Al día siguiente, los viajeros franceses se enteran de que su coche ha sido bloqueado en Totes por orden del oficial alemán. Este se niega a dar un motivo que respalde su decisión. Esa misma noche, el soldado envía al posadero para que le dé un mensaje a Bola de sebo; ante los otros comensales, la joven responde que no ha cambiado de idea. Entonces, obligada a dar una explicación, Bola de sebo revela a sus compañeros de viaje que el oficial no les dejará marchar si ella no se acuesta con él.

En un principio comprensivos, los burgueses de Ruán van cambiando de opinión poco a poco y, sirviéndose del fervor religioso de Bola de sebo, urden un plan para conseguir que ceda. La prostituta, que aún está emocionada con el bautizo al que acaba de asistir, se deja convencer.

Mientras ella se sacrifica para salvar a sus compatriotas, estos festejan su liberación sin mesura con abundancia de víveres, champán y bromas licenciosas. Sin embargo, por la mañana, las miradas dirigidas a Bola de sebo son de indiferencia, incluso de desprecio. Las personas a las que acaba de salvar no le dan las gracias ni le brindan ningún tipo de reconocimiento.

Nadie, ni siquiera Cornudet, le ofrece compartir su refrigerio en la diligencia que retoma la marcha. Por lo tanto, Bola de sebo continúa su viaje humillada, hambrienta, excluida y con lágrimas en los ojos, mientras que Cornudet entona *La Marsellesa* a voz en grito para molestar a los burgueses.

ESTUDIO DE LOS PERSONAJES

LOS MARGINALES

Bola de sebo

Bola de sebo es una prostituta que huye de Ruán tras haber intentado estrangular a un oficial prusiano que se alojaba en su casa. Intentó asesinarlo por sus convicciones, ya que ella se declara bonapartista y patriota.

Aunque es un mujer de vida alegre, es el único personaje realmente heroico del relato: Bola de sebo muestra grandeza al rechazar a Cornudet y al oficial alemán, así como generosidad al aceptar finalmente a ceder ante el soldado prusiano para liberar a sus compatriotas. El personaje tiene claramente toda la simpatía del autor, gran amante de las prostitutas. De hecho, la figura de la prostituta aparece todos los años en los relatos cortos de Maupassant desde 1875. El autor adora colocar a este tipo de personaje en circunstancias excepcionales. En *Bola de sebo*, en tiempos de guerra, enfrentada a un dilema, la prostituta muestra elevación del espíritu, amor maternal (va a un bautismo), patriotismo y piedad.

Aunque Maupassant la presente como una mujer seductora dotada de «ojos [...] negros, magníficos» y una «boca provocativa» (Maupassant 2005, 26), la descripción que hace de ella también la muestra como una mercancía apetitosa, un enorme pedazo de carne, que suscita, a su pesar, el deseo de los personajes masculinos («dedos estrangulados [...] que los hacían parecer rosarios de salchichas gordas y enanas», *ib.*). Así, se presenta a la prostituta como una mujer objeto. De hecho, nunca se adopta su punto de vista, puesto que la joven es objeto de miradas y comentarios; el punto de vista dominante es el de los burgueses. En consecuencia, el personaje se mantiene como misterioso, desconocido. Asimismo, el desprecio público la persigue hasta en su nombre, que solo es un apodo, Bola de sebo, que desvaloriza su gordura y acentúa su estatus de objeto.

La debilidad de Bola de sebo consiste en buscar la gratitud de los burgueses, lo que parece bastante ingenuo. Estos se sirven de su piedad, a través de la religiosa («Dios [...] perdona siempre cuando la intención es honrada», Maupassant 2005, 53), para obligarla a cometer un acto que ella condena.

Hemos de añadir que el autor se sirve de este personaje para devaluar las instituciones, el ejército e incluso a la Iglesia: por su culpa, la religiosa se convierte en cómplice de un pecado carnal y el oficial prusiano se ve humillado por la grandeza de la prostituta.

En resumen, encarna a la prostituta de buen corazón, la mujer-víctima tan presente en la obra de Maupassant.

Cornudet

Tiene una barba pelirroja que le hace parecer un ogro, es muy aficionado a la cerveza y siente debilidad por los encantos de Bola de sebo. Se declara republicano: como patriota, organizó la defensa de Ruán y se dirige a El Havre, aún en manos de los franceses, para prestarles ayuda. No obstante, no es tan valiente a la hora de oponerse de manera abierta al oficial prusiano y a los burgueses que entregan a Bola de sebo al enemigo. Durante el segundo viaje, no le ofrece ni una miga de su comida a la joven, al igual que el resto de pasajeros, quizá para vengarse por haberlo rechazado. Vago y derrochador (ha dilapidado la herencia de su padre), se muestra pasivo ante los acontecimientos y se contenta con una revuelta de opereta (ya que, en realidad, su única provocación es cantar *La Marsellesa* durante el trayecto).

LA GENTE DEL VULGO Y LOS PEQUEÑOS BURGUESES

El señor Follenvie

El posadero barrigudo y asmático de Totes, el señor Follenvie, desempeña el difícil papel de intermediario entre los franceses y el ocupante enemigo. Se ha convertido en el criado del oficial alemán (proclama las peticiones del prusiano como un vocinglero de fiesta mundana). Víctima de la guerra, se deja engañar por Loiseau, que le vende seis toneles de vino malo.

La señora Follenvie

Habladora, portavoz del pueblo francés y del narrador, la señora Follenvie deja estallar durante la cena su odio hacia el prusiano y su horror por la guerra.

El señor Loiseau

Comerciante sin escrúpulos y persona grosera —cuyo vientre se infla como un «globo» (Maupassant 2005, 23)—, a quien le cuesta disimular su apetito de dinero, de comida y de carne. El señor Loiseau es el primero en aceptar la provisiones de Bola de sebo (las «devoraba con los ojos», Maupassant 2005, 29). Tiene fama de astuto y bromista, está dispuesto a cualquier vileza para conservar sus riquezas y proteger su bienestar (esconde su reloj). Planea llegar a El Havre para recuperar una importante suma de dinero que le debe el Estado.

La señora Loiseau

A primera vista es totalmente opuesta a Loiseau, física y moralmente (es alta, habla a voz en grito y su orden y rigor contrastan con la jovialidad de su marido). Parece ser una buena esposa, ahorradora y oficiosa. Solo en una ocasión se extiende en su discurso, pero este delata su conformismo y su vulgaridad, su desprecio hacia la prostituta y su voluntad de colaborar con el vencedor.

LOS BURGUESES Y LOS NOBLES

Casi no se les describe físicamente, como para marcar su distinción. Van de dos en dos: distinguimos un dúo de hombres y un dúo de mujeres, así como dos parejas. Todos tienen puntos en común.

El señor Carré-Lamadon

Gran burgués propietario de tres fábricas de hilos de algodón, miembro de la Diputación, condecorado por la Legión de Honor y tibiamente opuesto al Imperio. El señor Carré-Lamadon sueña con huir a Inglaterra, donde ya ha enviado una suma considerable de dinero.

El conde de Breville

Rico terrateniente de vieja nobleza y miembro de la Diputación como Carré-Lamadon, el conde de Breville es orleanista, es decir, que es un monárquico que espera la restauración de un descendiente de Felipe de Orleans.

A pesar de sus modales de gran señor, él es quien —gracias a su autoridad, su diplomacia y su cortesía— convence a Bola de sebo para que cometa una «infamia», lo que sin embargo no es digno de un gentilhombre.

La señora Carré-Lamadon

Joven y guapa, la señora Carré-Lamadon suele engañar a su esposo con los oficiales de guarnición en Ruán. Al final del relato, al descubrir que tienen una amiga en común, la condesa se acerca a ella.

La condesa

Casi siempre asociada con la señora Carré-Lamadon, la condesa es una experta en mundanidades. Ella es quien tiene la iniciativa, ya sea de forma consciente o inconsciente, de utilizar a una de las religiosas para hacer flaquear a Bola de sebo. Hace gala de una cruel indiferencia: cuando la diligencia vuelve a ponerse en camino y Bola de sebo es dejada de lado, la condesa continúa su frívola charla con la señora Carré-Lamadon. Sin embargo, ella parece más sensible que el resto, al señalarle a su marido con un gesto discreto las lágrimas de Bola de sebo.

Las religiosas

Son dos: una, joven y guapa, pero enclenque y enfermiza; la otra, más mayor, con el rostro agujereado por las cicatrices que le dejó la viruela. Nos enteramos de que contrajo esta enfermedad mientras curaba enfermos en los campos de batalla de Crimea, Italia y Austria.

Nunca se expresan directamente, sino que mantienen la compostura tal y como se espera de ellas, excepto en una ocasión: la religiosa más mayor aprueba la idea de la condesa, según la que «el fin justifica los medios» (Maupassant 2005, 53), lo que la convierte en cómplice del pecado de Bola de sebo. Su fe es tan inflexible que llega a ser comparada con una «barra de acero» (*ib.*). Cabe destacar que no muestran la caridad de acoger a la prostituta después de su sacrificio, ni de compartir su comida con ella. A través de ellas, Maupassant ajusta cuentas con la Iglesia.

El oficial alemán

Su cabello rubio, su talle fino y su coquetería («con el uniforme ajustadísimo», Maupassant 2005, 35), hacen que tenga un aspecto físico femenino. No obstante, lleva un atributo típicamente masculino, el bigote, signo de virilidad en la obra de Maupassant. Pero este bigote es ambiguo: es tan fino que se convierte en una especie de hilo y tan afilado que hace pensar en una cuchilla.

Es vanidoso, autoritario y solo atiende a sus caprichos. Representa la mano del destino que hunde a Bola de sebo en el deshonor y la desesperación, lo que hace que le resulte imposible integrarse en la buena sociedad francesa.

CLAVES DE LECTURA

LA GUERRA FRANCO-ALEMANA

Contexto histórico

El 12 de julio de 1870, para apaciguar a Francia, Leopoldo de Hohenzollern, el primo del rey de Prusia, anuncia que no será candidato al trono de España. Francia exige que Prusia confirme esta noticia a su embajador. Pero Guillermo I (1797-1888), rey de Prusia, cree que no servirá de nada verse con el embajador y transmite la información en un telegrama, «el telegrama de Ems», que envía a Bismarck (1815-1898), el ministro-presidente prusiano. En lugar de reproducir fielmente las palabras del rey, Bismarck, que no quiere renunciar a la corona de España, las deforma y hace llegar un comunicado agresivo a las agencias de prensa francesas. Napoleón III (1808-1873), emperador de Francia, que considera el correo del rey un insulto para su país, declara la guerra a Prusia el 19 de julio de 1870.

Los franceses se encuentran con un ejército mucho menos eficaz que el prusiano y solo aguantan seis meses. A principios de septiembre de 1870, Napoleón III se rinde en Sedán y cede el poder a los republicanos. El 19 de septiembre comienza el sitio de París, que llega a su fin el 28 de enero de 1871.

La acción de *Bola de sebo* arranca tras el 6 de diciembre de 1870, fecha en la que comienza la ocupación prusiana de la ciudad de Ruán, abandonada por el ejército francés. Este se repliega en Honfleur y tiene el objetivo de embarcar hacia El

Havre (todavía en manos de los franceses) antes de intentar reconquistar Ruán.

El punto de vista de Maupassant

El tema de la guerra contra Prusia es común a todos los relatos de *Las veladas de Médan*. Maupassant, que era anti-militarista, denuncia la crueldad y la absurdidad de la guerra a través de la descripción de las consecuencias materiales de los combates y de la ocupación (mercados paralelos, saqueos, corrupción, etc.) y a través de los discursos argumentativos de personajes portavoz, como la señora Follenvie, que no puede evitar expresar su odio hacia Prusia. «Esos hombres no hacen más que atracarse de cerdos y papas» (Maupassant 2005, 38), dice indignada.

El relato comienza con la derrota de los soldados franceses, descritos de un modo devaluador, mostrados en el mejor de los casos como andrajos o víctimas si son reclutas, o, en el peor, como «forajidos» o arribistas incompetentes. Maupassant se burla sobre todo de los militares de profesión, de los oficiales y de los prusianos, porque son los iniciadores y los beneficiarios del conflicto.

Sin embargo, el autor considera aceptable la guerra de defensa (argumento presentado por Cornudet), pero subraya la inutilidad del heroísmo y la cobardía contagiosa de los burgueses. El heroísmo es desacreditado porque está encarnado por personajes populares sin prestigio ni poder como Bola de sebo, Cornudet o la señora Follenvie. En cuanto a los burgueses, la única guerra que llevan a cabo es contra la prostituta cuyo cuerpo recibe al enemigo igual que se sufre un asedio. Todos realizan un «bloqueo» contra ella para conseguir que ceda.

LA CONSTRUCCIÓN Y EL ENCERRAMIENTO

El encerramiento se encuentra a lo largo de todo el texto en todos los niveles:

- el relato tiene una construcción cerrada, puesto que la historia comienza con la retirada de los franceses y se termina también con la huída de los viajeros franceses;
- los lugares de acción son cerrados: la acción comienza con un trayecto en coche de caballos y acaba con un viaje en coche de caballos, un lugar que no puede ser más cerrado. Los personajes solo salen de él para pasar a ser prisioneros del oficial alemán en la posada de Totes, otro lugar cerrado;
- asimismo, la nieve constituye un obstáculo suplementario para libertad de los franceses;
- los personajes también son víctimas de otro tipo de encerramiento: Bola de sebo no puede escapar de su condición de prostituta y el encuentro con el oficial alemán hace imposible su inserción en la sociedad de la diligencia, puesto que, tras haberse sacrificado por ellos, todos sus compañeros de viaje la desprecian. En cuanto al resto de franceses, están secuestrados en la posada, pero también son prisioneros de sus prejuicios sociales, lo que explica la ausencia de caridad que muestran las religiosas en la escena final, por ejemplo.

EL REALISMO

La obra de Maupassant, influida por la de Flaubert (novelista francés, 1821-1880), se incluye dentro de la corriente realista, una corriente artística y literaria que vio la luz en la segunda mitad del siglo XIX. El realismo se caracteriza por el deseo de imitar lo real: se trata, para los escritores, de reproducir en sus obras lo real siendo lo más objetivos posible. Ya no buscan idealizar lo que describen, sino describir la realidad tal como es.

En primer lugar, Maupassant aborda temas que suelen tratar los realistas: el dinero, la comida, el cuerpo y la influencia de la sociedad en los comportamientos humanos. A continuación, busca la verosimilitud:

- el autor se inspira en personajes reales: el señor Carré-Lamadon tiene como modelo al señor Pouyer-Quertier, alcalde de Ruán en esa época, y la protagonista es una auténtica prostituta de Ruán que llevaba el mismo apodo;
- Maupassant se basa en otras referencias precisas a la realidad, especialmente utilizando una toponimia exacta de Normandía (Pont-Audemer, Totes, Croisset, etc.);
- caracteriza a sus personajes según su entorno social y, para describir una situación o a un protagonista, para dar ilusión de real, Maupassant, por lo general, alude a los silencios (subrayando por ejemplo el bochorno ante la prostituta humillada), los objetos (Louiseau está encadenado a su reloj igual que a su avaricia) y el lenguaje del cuerpo (los personajes bostezan según los modales de la clase social de la que provienen), todos ellos elementos

significativos;

- también el autor propone personajes críticos y, para ser lo más objetivo posible, nunca da su opinión abiertamente, más bien se esconde detrás del pronombre «se» o detrás de un personaje;
- finalmente, el autor tampoco desvela los pensamientos íntimos de los personajes y ofrece diversas interpretaciones posibles de sus comportamientos: ¿por qué Cornudet no comparte sus provisiones con la prostituta? ¿Por qué deja Ruán?, etc. Todas ellas preguntas que se quedan sin respuesta.

PISTAS PARA LA REFLEXIÓN

ALGUNAS PREGUNTAS PARA PROFUNDIZAR EN SU REFLEXIÓN...

- ¿Se puede considerar que Bola de sebo es un personaje trágico? Argumente e ilustre con ejemplos.
- ¿Cómo y por qué Maupassant se sirve de la ironía en este relato?
- Para Maupassant, un escritor realista tiene ante todo que ser un artista. Muestre, basándose en un estudio estilístico de *Bola de sebo*, que Maupasaant escribe tanto como poeta como en calidad de pintor.
- Compare el personaje de Bola de sebo con las prostitutas de *Mademoiselle Fifi* y de *La casa Tellier*, otras dos obras de Maupassant. ¿Tienen puntos comunes? ¿El autor otorga la misma mirada a estos diferentes personajes?
- En su opinión, ¿qué explica que Maupassant sienta cariño por la figura de la prostituta?
- Compare *Bola de sebo* con *El ataque del molino* de Zola, un relato que también forma parte de *Las veladas de Médan*: ¿cuáles son las diferencias y puntos comunes en la forma en la que ambos autores tratan los temas de la guerra y del heroísmo?
- ¿Qué hace que esta novela sea una obra realista?

¡Su opinión nos interesa!
¡Deje un comentario en la página web de su librería en línea,
y comparta sus favoritos en las redes sociales!

PARA IR MÁS ALLÁ

EDICIÓN DE REFERENCIA

- de Maupassant, Guy. 2005. *Bola de sebo y otros relatos.* Traducido por Miguel Martínez. México D.F.: Lectorum.

ESTUDIO DE REFERENCIA

- Turtel, F. 1999. *Maupassant. Biographie. Étude de l'œuvre.* París: Vuibert, colección *Studio Thème.*

ADAPTACIONES

- Li-An. 2009. Cómic *Boule de suif.* París: Éditions Delcourt.
- *Bola de sebo.* Dirigida por Christian Jacque. Francia: 1945.

EN RESUMENEXPRESS.COM

- Guía de lectura de *Bel Ami* de Guy de Maupassant.
- Guía de lectura de *El horla* de Guy de Maupassant.

ResumenExpress.com